함께 가요, 우리.
그 길이 산길이라 해도
우리는 갈 수 있어요.
그 길이 사막길이라 해도
우리는 갈 수 있어요.
끝내 승리합시다.
지치지 맙시다.
포기하지 맙시다.
어딘지 모르는 인생의 종점에서
우리 정답게 악수합시다.
함께 웃으며 하늘을 봅시다.

2023년 4월
나태주 씁니다.

처음 사는 인생,
누구나 서툴지

처음 사는 인생, 누구나 서툴지

초판 1쇄 발행 2023년 4월 15일
초판 5쇄 발행 2023년 10월 16일

엮은이 | 나태주
펴낸이 | 金湞珉
펴낸곳 | 북로그컴퍼니
책임편집 | 김나정
디자인 | 김승은
주소 | 서울시 마포구 와우산로 44 (상수동), 3층
전화 | 02-738-0214
팩스 | 02-738-1030
등록 | 제2010-000174호

ISBN 979-11-6803-064-0 03810

나태주 —— 처음 사는 인생, 누구나 서툴지

북로그컴퍼니

인적 없는 산길을 혼자 가는 사람같이

인생이란 무엇일까? 그 의미를 정확히 아는 사람은 아마도 없을 것입니다. 더하여, 어떻게 사는 인생이 좋은 인생인지 아는 사람은 더욱 없을 것입니다. 모르고 사는 것이 인생이고 어떻게 살면 좋을지 모르고 사는 것이 또한 인생입니다.

어쩌면 누구나 처음 사는 인생이기 때문에 그럴 것이고, 아무리 살아봐도 낯설고 서툰 것이 인생의 본질이기 때문에 그럴 것입니다. 애당초 우리네 인생은 선택한 인생이 아니고 던져진 인생입니다. 말하자면 눈감은 인생이란 것이지요.

'인생이란 10분이나 15분쯤 상영 시간이 지난 영화관에 들어가 영화를 보는 것과 같다.' 정말로 인생이란 그렇다고 생각합니다. 어떻게 해야 할까요? 다른 도리가 없지요. 앞의 영화 줄거리를 짐작하면서 남은 장면을 차근히 보아야 할 일입니다.

그렇지요. 불평하거나 포기할 일이 아닙니다. 머뭇거릴 일도 아닙니다. 그때부터라도 열심히, 최선을 다해서 자기의 인생을 열어나가야 할 일입니다. 어두운 밤중에 깜박이는 호롱불 하나 의지하고 밤길을 가듯 앞으로 헤쳐 나아가야 할 일입니다.

나만 그런 것이 아니라 다른 사람들도 그렇다고 생각해보면 훨씬 마음이 편해질 것입니다. 이미 앞서간 사람들도 그렇게 서툴고 낯선 인생을 살았다고 생각하면 더욱 마음이 편해질 것입니다. 억울한 마음도 답답한 심정도 조금씩 내려앉을 것입니다.

여기, 산길이 있다고 합시다. 아무도 지나다니는 사람이 없는 적막한 산길입니다. 그 길 앞에 서 있는 한 사람이 있습니다. 가기는 가야겠는데 아무도 가는 사람이 없어 앞으로 발길을 내딛기가 두렵습니다. 하지만 그는 그 길을 가야 합니다.

한 발자국, 한 발자국씩 걷습니다. 걷다 보니 두려움과 불안이 조금씩 사라집니다. 자기와 함께 걷는 누군가가 있다는 생각이 듭니다. 누굴까요? 오래전 그 산길을 걸었던 사람이지요. 한 사람이 아니고 여러 사람입니다. 바로 산속에 산길을 내준 사람이지요.

이제 그는 혼자서 가는 산길이 하나도 두렵지 않습니다. 정다운 마음

마저 듭니다. 바람 소리, 새소리도 낯설지 않습니다. 마음속으로 두런두런 보이지 않는 사람들의 목소리를 듣습니다. 아, 앞서간 사람들도 이렇게 나처럼 외롭고 적막하게 산길을 갔었구나!

우리네 인생도 마찬가지입니다. 누군가 앞서간 사람의 마음을 읽게 된다면 서툰 인생, 불안한 인생, 낯선 인생이 훨씬 좋아질 것입니다. 도움이 될 것이고 어두운 마음이 밝아질 것입니다. 그런 인생의 조언을 앞서간 시인들의 문장에서 듣고자 합니다.

분명히 도움이 될 거예요. 마음이 편해질 거예요. 어딘지 모르지만 내 마음을 미리 알아준 사람이 있다는 것은 하나의 기쁨이 될 것이고, 위로와 축복이 될 것입니다. 부디 당신, 외로워하지 마세요. 힘들어하지 마세요. 더구나 두려워 겁을 먹지는 마세요.

당신 옆에 누군가 좋은 사람이 있다고 생각해보세요. 고적한 발걸음 소리를 들으며 함께 가고 있다고 생각해보세요. 당신의 지친 숨결을 누군가 듣고 안쓰럽게 여기고 있다고 생각해보세요. 이 책에 실린 시들이 그런 소임을 맡아줄 것입니다.

함께 가요, 우리. 그 길이 산길이라 해도 우리는 갈 수 있어요. 그 길이 사막 길이라 해도 우리는 갈 수 있어요. 끝내 승리합시다. 지치지 맙시다. 포기하지 맙시다. 어딘지 모르는 인생의 종점에서 우리 정답게 악수합시다. 함께 웃으며 하늘을 봅시다.

2023년 4월

나태주 씁니다.

일러두기

· 이 책에 실린 시는 한국문학예술저작권협회, 출판권을 가진 출판사, 작가와의 연락을 통해 재수록 동의를 얻은 작품들입니다.

· 이 책에 실린 시 가운데 부득이하게 저작권자를 찾기 어려워 허가를 받지 못한 작품은 추후 연결이 되는 대로 적법한 절차에 따라 허가를 받도록 하겠습니다.

· 이 책에 실린 한국 현대시의 맞춤법, 구두점 등의 표기는 원본을 따랐습니다.

· 이 책은 필사 시집으로도 활용이 가능합니다. 오른쪽 빈 페이지에 필사를 해보세요. 시의 분량이 한 쪽 이상일 경우, 세 행까지는 오른쪽에, 네 행부터는 뒤쪽에 실었습니다.

차례

시인의 말 ····· 4

일러두기 ····· 8

Part 1

내 슬픔
아는 이
아무도 없네

유리창 나태주 ····· 18

수선화에게 정호승 ····· 20

쓸쓸 문정희 ····· 22

언덕에 누워 김영랑 ····· 24

아침에 눈을 뜨면 오석균 ····· 26

사막 오르텅스 블루 ····· 28

약효 문영숙 ····· 30

눈 내리는 벌판에서 도종환 ····· 32

하지 않은 죄 마가렛 생스터 ····· 34

달같이 윤동주 ····· 36

오래된 여행가방 김수영 ····· 38

이 깊은 상처를 하인리히 하이네 ····· 40

천장호에서 나희덕 ····· 42

꿈속에(夢魂) 이옥봉 ····· 44

유리창 김기림 ····· 46

혼자서 나태주 ····· 48

겨울 행 나태주 ····· 50

내가 생각하는 것은 백석 ····· 52

잊었던 맘 김소월 ····· 54

다시 산에 와서 나태주 ········ 56

Part 2

나는 너를 생각한다

낮은 곳으로 이정하 ········ 64
청혼 진은영 ········ 66
사랑하는 마음 내게 있어도 나태주 ········ 68
전화 마종기 ········ 72
사랑의 되뇌임 엘리자베스 바렛 브라우닝 ········ 74
나의 꿈 한용운 ········ 76
너도 그러냐 나태주 ········ 78
명랑 고영민 ········ 80
도움말 랭스턴 휴스 ········ 82
펭귄 연인 정끝별 ········ 84
바람 정지용 ········ 86
출렁거림에 대하여 고재종 ········ 88
눈은 내리네 박용철 ········ 90
다시 사랑이 홍성란 ········ 92
사랑에 빠질수록 혼자가 되라 라이너 마리아 릴케 ········ 94
내가 너를 나태주 ········ 96
우리가 우리를 완벽히 껴안는 방법 주영헌 ········ 98
우리 둘 폴 엘뤼아르 ········ 100
사랑이란 버지니아 울프 ········ 102
여름밤의 풍경 노자영 ········ 106
연인 곁에서 요한 볼프강 폰 괴테 ········ 108

가을 서한 나태주 ······ 110
초상정사(草上靜思) 이형기 ······ 114
아침저녁으로 읽기 위하여 베르톨트 브레히트 ······ 116
아름다움을 사랑하신다면 프리드리히 뤼케르트 ······ 118
언제나 기억하세요 레인 파슨스 ······ 120

Part 3

저토록 씩씩하게

포기하지 말아요 클린턴 하웰 ······ 126
다시 꿋꿋이 살아가는 법 박노해 ······ 130
한 걸음 더 정끝별 ······ 132
하늘은 지붕 위로 폴 베를렌 ······ 134
겨울나무들 권태응 ······ 136
3월에 오는 눈 나태주 ······ 138
나에게 묻는다 이산하 ······ 140
약속 박인환 ······ 142
슬프고 괴로운 일을 만나거든 아우렐리우스 ······ 144
지혜 사라 티즈데일 ······ 146
식사법 김경미 ······ 148
머루치는 국물만 내고 끝장인가 마종기 ······ 150
꽃피우기 도종환 ······ 152
순대국밥집 나태주 ······ 154
근심 요한 볼프강 폰 괴테 ······ 158
책 헤르만 헤세 ······ 160
그런 길은 없다 베드로시안 ······ 162

인생 거울 매들린 브리지스 ······ 164
폭설 이재무 ······ 166
기도 나태주 ······ 168
내가 바라보면 나태주 ······ 170
동그란 길로 가다 박노해 ······ 172
나무 학교 문정희 ······ 176

Part 4

봄날의 포근한 바람이 일고 있으니

무명한 것 문영숙 ······ 182
행복 나태주 ······ 184
식구 박제영 ······ 188
기적 강은교 ······ 190
이 순간 피천득 ······ 192
맑음 강원석 ······ 194
행복 헤르만 헤세 ······ 196
비행기 오장환 ······ 198
꽃씨를 심으며 홍수희 ······ 200
아무 다짐도 하지 않기로 해요 유병록 ······ 202
소네트 18 - 그대를 한여름 날에 비할까 윌리엄 셰익스피어 ·· 206
아기 신발 가게 앞에서 나태주 ······ 208
지다 남은 꽃 알렉산드르 세르게예비치 푸시킨 ······ 210
사람과 함께 이 길을 걸었네 이기철 ······ 212
주름 송경동 ······ 214
눈이여 쌓여라 하인리히 하이네 ······ 216

늘, 혹은 조병화 ········ 218
다리 위에서 나태주 ········ 222
무지개를 사랑한 걸 허영자 ········ 224
타인의 아름다움 메리 헤스켈 ········ 226
들길을 걸으며 나태주 ········ 228
살아 있는 모든 것은 소중하다 크리스티나 G. 로세티 ········ 230
생강나무 정우영 ········ 232
고요한 생활 알렉산더 포프 ········ 234

시인 이름으로 찾아보기 (가나다순) ········ 236
이 책에 실린 시의 출처 ········ 238

Part 1

내 슬픔
아는 이 아무도 없네

외로움 없이 ——— 어찌 인간이 깊어진다 하랴

외롭다고 말하는 사람이 많은 요즘입니다. 우리는 외로움을 마치 병처럼 여기고 힘들어하지요. 하지만 말입니다. 인간에게 외로움은 숙명입니다. 인간은 어차피 외로움을 타고난 존재라는 말입니다. 태어남과 동시에 우리 모두는 독립체요, 단독자요, 그런 고귀한 존재이기에 외로움을 허리띠처럼 두르고 태어난 것이라 할 수 있습니다. 혼자라 외로운 것이 아닙니다. 인간 자체가 외로워서 외로운 겁니다. 외로움은 이렇듯 인간 본연의 마음, 뿌리 깊은 정서입니다.

많은 사람들이 외로움을 어떻게 다스리며 살아야 할지 몰라 힘겨워합니다. 나이의 문제가 아닙니다. 젊은 사람도, 나이 많은 사람도 외로움과 공존하는 법을 몰라 헤맵니다. 그럴 땐 이렇게 생각해볼 수 있지요. '아, 인간은 누구나 외로운 존재지, 나만 외로운 것이 아니지.' 하고 말입니다. 이런 생각은 일정 부분 외로움을 접어줍니다. 외로움에 적응하게 합니다. 그뿐이 아니지요. 외로움과 공존할 때 인간은 오히려 인간다워지고 우아해진다고 믿습니다.

차라리 자발적인 고독이란 말이 있습니다. 스스로 원해서 고독해진다는 말이지요. 철학자나 예술가, 나 같은 시인들이 그러합니다. 고독이란 그렇게 중요한 감정입니다. 고독한 시간 속에서 생각이 성숙해지고 예술이 깊어집니다.

외로움만 있을까요? 조금쯤 무늬가 다른 고독이라는 감정도 있습니다. 쓸쓸함은 또 다른 감정입니다. 쓸쓸함이 조금쯤 비애감을 바탕에 깔고 출렁대는 마음이라면 외로움은 조금쯤 말갛게 가라앉으며 자기를 들여다보는 마음이고 고독은 더욱더 단단해지고 투명해진 마음입니다.

외로움은 부정적인 감정도, 문제가 되는 감정도 아닙니다. 오히려 자연스럽고 충분히 인간적인 감정입니다. 일단 외로움을 본연의 감정으로 받아들이고 나면 우리는 훨씬 더 자유스러워질 수 있습니다.

무릇 좋은 인생, 성공한 인생을 사는 사람들은 그 외로움을 잘 활용한 사람들입니다. 일부러 외로울 까닭은 없지요. 하지만 외로운 시간, 혼자인 공간 속에서 조마조마하며 마음 졸이거나 억지로 외로워지지 않으려 애쓸 필요는 없다는 말입니다. 외로움을 가슴에 안고 지그시 참다 보면 스스로 향기로운 사람이 되기도 할 것입니다. 생각해보세요. 외로움 없이 어찌 인간이 깊어진다고 할까요!

유리창

이제
떠나갈 것은 떠나게 하고
남을 것은 남게 하자

혼자서 맞이하는 저녁과
혼자서 바라보는 들판을
두려워하지 말자

아, 그렇다
할 수만 있다면
나뭇잎 떨어진 빈 나뭇가지에
까마귀 한 마리라도 불러
가슴속에 기르자

이제
지나온 그림자를 지우지 못해 안달하지도 말고
다가올 날의 해짧음을 아쉬워하지도 말자.

나태주

수선화에게

울지 마라
외로우니까 사람이다
살아간다는 것은 외로움을 견디는 일이다
공연히 오지 않는 전화를 기다리지 마라
눈이 오면 눈길을 걸어가고
비가 오면 빗길을 걸어가라
갈대숲에서 가슴검은도요새도 너를 보고 있다
가끔은 하느님도 외로워서 눈물을 흘리신다
새들이 나뭇가지에 앉아 있는 것도 외로움 때문이고
네가 물가에 앉아 있는 것도 외로움 때문이다
산 그림자도 외로워서 하루에 한 번씩 마을로 내려온다
종소리도 외로워서 울려퍼진다

정호승

쓸쓸

요즘 내가 즐겨 입는 옷은 쓸쓸이네
아침에 일어나 이 옷을 입으면
소름처럼 전신을 에워싸는 삭풍의 감촉
더 깊어질 수 없을 만큼 처연한 겨울 빗소리
사방을 크게 둘러보아도 내 허리를 감싸주는 것은
오직 이것뿐이네
우적우적 혼자 밥을 먹을 때에도
식어버린 커피를 괜히 홀짝거릴 때에도
목구멍으로 오롯이 넘어가는 쓸쓸!
손글씨로 써보네 산이 두 개나 위로 겹쳐 있고
그 아래 구불구불 강물이 흐르는
단아한 적막강산의 구도!
길을 걸으면 마른 가지 흔들리듯 다가드는
수많은 쓸쓸을 만나네
사람들의 옷깃에 검불처럼 얹혀 있는 쓸쓸을
손으로 살며시 떼어주기도 하네
지상에 밤이 오면 그에게 술 한잔을 권할 때도 있네
이윽고 옷을 벗고 무념(無念)의 이불 속에
알몸을 넣으면
거기 기다렸다는 듯이

와락 나를 끌어안는 뜨거운 쓸쓸

문정희

언덕에 누워

언덕에 누워 바다를 보면
빛나는 잔물결 헤일 수 없지만
눈만 감으면 떠오르는 얼굴
뵈올 적마다 꼭 한 분이구려

김영랑

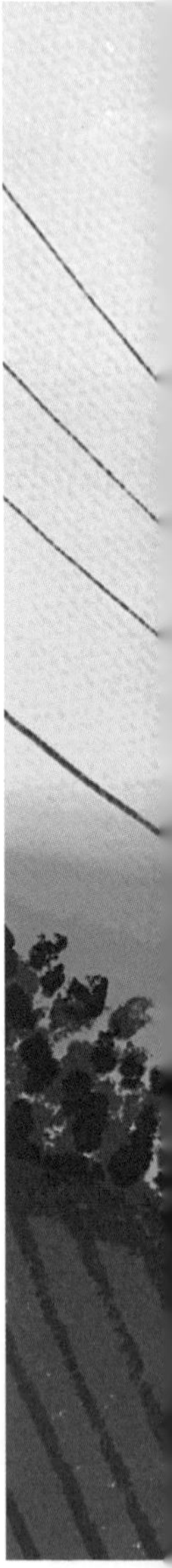

아침에 눈을 뜨면

아침에 눈을 뜨면
빛보다 더 빨리 심장에 다가오는 외로움
누굴 사랑한다 해도
누구로부터 사랑받는다 해도
적막한 공간
한 치 앞을 모르는 우주
양치질을 하다 말고
손가락에 물을 찍어 거울에 쓴다
나 일어났어요
왜 좀 더 일찍 깨워주지 그랬어요
아침은 뭘 먹을까요
당신은 지금 어떤 모습인가요

밤사이 방황한 영혼은 찬물 속에서 눈을 뜨고
세상을 옷 입은 몸은 강직하다
시간은 흐르는 건지 사라지는 건지
눈을 감으면 돌아갈 곳이 없다
용서하지 못하는 만큼
용납하기 어려운 세상
어제 뜬 달은 홀로 아프고

흐르는 시간은 잔인한데
퍼뜩 들리는 휴대폰 알림 소리
오늘은 어떤 가면을 쓰고 나가야 하나

오석균

사막

그 사막에서 그는
너무도 외로워
때로는 뒷걸음질로 걸었다
자기 앞에 찍힌 발자국을 보려고.

오르텅스 블루

약효

배가 아픈가요?
까스활명수를 마시는 남자에게 물었다

- 마음이 아파요

활명수는 그런 용도가 아니라고 말했지만
듣질 않았다

집에다 박스째 사다 놓는다는 남자는
매일 까스활명수를 마신다 한다

여기저기 아프고 근심이 많은 그가
어딘가에 자신을 건다는 것
마음을 기댄다는 것

그래서 아픈 구석이 사라질 수 있다면
그것은 우리가 아는 진실이 아니어도 된다

문영숙

눈 내리는 벌판에서

발이 푹푹 빠지는 눈길을 걸어
그리운 사람을 만나러 가고 싶다
발자국 소리만이 외로운 길을 걸어
사랑하는 사람을 만나러 가고 싶다
몸보다 더 지치는 마음을 누이고
늦도록 이야기를 나누며 깊어지고 싶다
둘러보아도 오직 벌판
등을 기대어 더욱 등이 시린 나무 몇 그루뿐
이 벌판 같은 도시의 한복판을 지나
창밖으로 따스한 불빛 새어 가슴에 묻어나는
먼 곳의 그리운 사람 향해 가고 싶다
마음보다 몸이 더 외로운 이런 날
참을 수 없는 기침처럼 터져오르는 이름 부르며
사랑하는 사람 있어 달려가고 싶다.

도종환

하지 않은 죄

당신은 당신이 한 일보다
하지 않고 남겨둔 일 때문에 괴로울 것이다
해 질 무렵 당신의 마음을 아프게 하는 건 바로 그것

부드러운 말을 잊었다면
편지를 쓰지 않았다면
꽃을 보내지 않았다면
잠자리에 든 당신은 괴로울 것이다

형제의 길 앞에 놓인 돌을 치워주지 않았다면
힘을 주는 몇 마디 조언조차 해주지 못했다면
당신의 문제를 걱정하느라 시간이 없다는 핑계로
사랑이 담긴 손길
마음을 끄는 다정한 말투
그것들을 소홀히 대했다면

인생은 너무 짧고 슬픔은 너무 크다
늦게까지 미루는 우리의 느린 연민을 눈감아주기에는

당신은 당신이 한 일보다
하지 않고 남겨둔 일 때문에 괴로울 것이다
해 질 무렵 당신의 마음을 아프게 하는 건 바로 그것

마가렛 생스터

달같이

연륜이 자라듯이
달이 자라는 고요한 밤에
달같이 외로운 사랑이
가슴 하나 뻐근히
연륜처럼 피어나간다.

윤동주

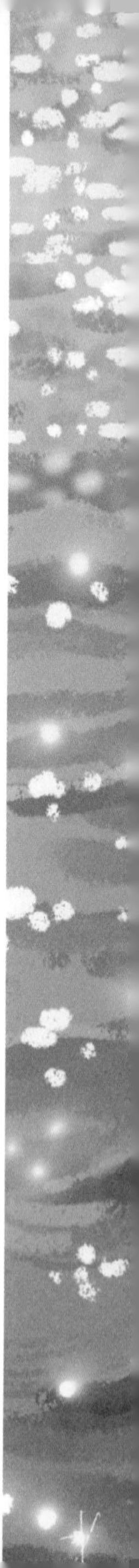

오래된 여행가방

스무 살이 될 무렵 나의 꿈은 주머니가 많이 달린 여행가방과 펠리컨 만년필을 갖는 것이었다. 만년필은 주머니 속에 넣어두고 낯선 곳에서 한 번씩 꺼내 엽서를 쓰는 것.

만년필은 잃어버렸고, 그것들을 사준 멋쟁이 이모부는 회갑을 넘기자 한 달 만에 돌아가셨다.

아이를 낳고 먼 섬에 있는 친구나, 소풍날 빈방에 홀로 남겨진 내 짝 홍도, 애인도 아니면서 삼 년 동안 편지를 주고받은 남자, 머나먼 이국땅에서 생을 마감한 삼촌……

추억이란 갈수록 가벼워지는 것. 잊고 있다가 문득 가슴 저려지는 것이다.

이따금 다락 구석에서 먼지만 풀썩이는 낡은 가방을 꺼낼 때마다 나를 태운 기차는 자그락거리며 침목을 밟고 간다. 그러나 이제 기억하지 못한다. 주워온 돌들은 어느 강에서 온 것인지, 곱게 말린 꽃들은 어느 들판에서 왔는지.

어느 외딴 간이역에서 빈자리를 남긴 채 내려버린 세월들. 저 길이 나를 잠시 내려놓은 것인지. 외길로 뻗어 있는 레일을 보며 곰곰 생각해본다. 나는 혼자이고 이제 어디로든

다시 돌아갈 수 없다는 것을.

김수영

이 깊은 상처를

내 마음의 상처를
저 꽃이 안다면
내 아픔을 달래주기 위해
나와 함께 눈물을 흘려주련만

내 간절한 슬픔을
저 꾀꼬리가 안다면
즐겁게 지저귀어
내 외로움을 풀어주련만

나의 이 탄식을
저 별이 안다면
높은 곳에서 내려와
틀림없이 날 위로해주련만

그렇지만 내 슬픔 아는 이 아무도 없네
알아줄 사람은 오직 한 사람
내 가슴을 손톱으로 찢어놓은 오직 한 사람.

하인리히 하이네

천장호에서

얼어붙은 호수는 아무것도 비추지 않는다
불빛도 산 그림자도 잃어버렸다
제 단단함의 서슬만이 빛나고 있을 뿐
아무것도 아무것도 품지 않는다
헛되이 던진 돌멩이들,
새떼 대신 메아리만 쩡 쩡 날아오른다

네 이름을 부르는 일이 그러했다

나희덕

꿈속에(夢魂)

어찌 지내시나요?
안부를 묻습니다

달빛이 내려앉은 창가엔
그리움이 가득합니다

그대 찾는 꿈속 나의 넋이
자취를 남긴다면

그대 집 앞 돌길은
진작 바스러졌겠지요.

近來安否問如何
月到紗窓妾恨多
若使夢魂行有跡
門前石路已成沙

이옥봉

유리창

여보
내 마음은 유린가 봐, 겨울 한울*처럼
이처럼 작은 한숨에도 흐려버리니……

만지면 무쇠같이 굳은 체하더니
하룻밤 찬 서리에도 금이 갔구료

눈포래** 부는 날은 소리치고 우오
밤이 물러간 뒤면 온 뺨에 눈물이 어리오

타지 못하는 정열, 박쥐들의 등대
밤마다 날아가는 별들이 부러워 쳐다보며 밝히오

여보
내 마음은 유린가 봐
달빛에도 이렇게 부서지니

김기림

* 한울: 하늘 혹은 우주의 본체
** 눈포래: 눈보라

혼자서

하이얀 티셔츠 차림으로
미루나무 숲길에서 온종일 서성이고 싶은 날은
깊은 산골짜기 새로 돋은 신록 속에 앉아 있어도
안개 자욱 개구리 울음소리 속에 앉아 있어도
귀로는 연신
머언 바다 물결 소리를 듣는답니다

아야, 아야, 아야, 아야,
산 너머 산 너머서
흰 구름 생겨나고 죽어가는 소리를 듣는답니다

바다에는 지금
하얀 돛폭을 세워 떠나가는
돛단배가 한 척.

나태주

겨울 행

열 살에 아름답던 노을이
마흔 살 되어 또다시 아름답다
호젓함이란 참으로
소중한 것이란 걸 알게 되리라

들판 위에
추운 나무와 집들의 마을,
마을 위에 산,
산 위에 하늘,

죽은 자들은 하늘로 가
구름이 되고 언 별빛이 되지만
산 자들은 마을로 가
따뜻한 등불이 되는 걸 보리라.

나태주

내가 생각하는 것은

밖은 봄철날 따디기[*]의 누굿하니[**] 푹석한 밤이다
거리에는 사람두 많이 나서 흥성흥성할 것이다
어쩐지 이 사람들과 친하니 싸다니고 싶은 밤이다

그렇건만 나는 하이얀 자리 위에서 마른 팔뚝의
새파란 핏대를 바라보며 나는 가난한 아버지를
가진 것과 내가 오래 그려오던 처녀가 시집을 간 것과
그렇게도 살뜰하던 동무가 나를 버린 일을 생각한다

또 내가 아는 그 몸이 성하고 돈도 있는 사람들이
즐거이 술을 먹으러 다닐 것과
내 손에는 신간서 하나도 없는 것과
그리고 그 '아서라 세상사'라도 들을
유성기도 없는 것을 생각한다

그리고 이러한 생각이 내 눈가를 내 가슴가를
뜨겁게 하는 것도 생각한다

백석

*　따디기: 따지기, 얼었던 흙이 풀리려고 하는 초봄 무렵
**　누긋하다: 누긋하다, 추위가 약간 풀린 상태

잊었던 맘

집을 떠나 먼 저곳에
외로이도 다니던 내 심사(心事)를!
바람 불어 봄꽃이 필 때에는,
어이하여 그대는 또 왔는가,
저도 잊고 나니 저 모르던 그대
어찌하여 옛날의 꿈조차 함께 오는가.
쓸데도 없이 서럽게만 오고 가는 맘.

김소월

다시 산에 와서

세상에 그 흔한 눈물
세상에 그 많은 이별들을
내 모두 졸업하게 되는 날
산으로 다시 와
정정한 소나무 아래 터를 잡고
둥그런 무덤으로 누워
억새풀이나 기르며
솔바람 소리나 들으며 앉아 있으리

멧새며 소쩍새 같은 것들이 와서 울어주는 곳,
그들의 애인들꺼정 데불고 와서 지저귀는
햇볕이 천년을 느을 고르게 비추는 곳쯤에 와서
밤마다 내리는 이슬과 서리를 마다하지 않으리
길길이 쌓이는 장설(壯雪)을 또한 탓하지 않으리

내 이승에서 빚진 마음들을 모두 갚게 되는 날,
너를 사랑하는 마음까지
백발로 졸업하게 되는 날
갈꽃 핀 등성이 너머
네가 웃으며 내게 온다 해도

하낫도 마음 설레일 것 없고
하낫도 네게 들려줄 얘기 이제 내게 없으니
너를 안다고도
또 모른다고도
숫제 말하지 않으리

그 세상에 흔한 이별이며 눈물,
그리고 밤마다 오는 불면들을
내 모두 졸업하게 되는 날,
산에 다시 와서
싱그런 나무들 옆에
또 한 그루 나무로 서서
하늘의 천둥이며 번개들을 이웃하여
떼강물로 울음 우는 벌레들의 밤을 싫다 하지 않으리
푸르디푸른 솔바람 소리나 외우고 있으리.

나태주

Part 2

나는
너를 생각한다

사랑, 모르겠고 어렵고 아프고 서툴지만

사랑처럼 복잡한 감정이 또 있을까요? 도무지 오리무중이라 그 실체가 잡히지 않는 것이 사랑입니다. 살면서 아무리 겪어보아도 모르겠는 게 사랑입니다. 이것이거니 하면 저것이고 저것이거니 하면 또 이것인 것이 사랑입니다. 우리네 인생에서 가장 많은 실수를 불러들인 감정이 또 이 사랑이란 것이지요. 그렇습니다. 그러니 우리는 사랑에 자주 상처받습니다. 사랑에 서툴수록 어렵고 아프기도 합니다.

모양도 없고 소리도 없고 빛깔도 없지만 야튼 사랑은 소중하고도 뿌리 깊은 감정입니다. 서양 사람들은 사랑을 아가페, 에로스, 필리아로 나누어 설명하고 싶어 하지만 굳이 그것이 그런 것만도 아닌 성싶습니다. 그만큼 사랑은 단순치가 않고 손쉽지 않은 그 무엇이지요.

얼핏 사랑은 이성과의 사랑입니다. 우리는 살아오면서 얼마나 여러 차례 이성과의 사랑 앞에서 가슴 설렜고 부대꼈고 드디어 무너져 내리기도 했던가요. 끝내 절망하기조차 했던가요. 나같이 시 쓰는 사람은 이성과의 사랑 앞에서 시가 싹텄고 이성과의 사랑 속에서 시가 완성된 경우입니다.

그러고 보면 사랑은 고난이나 실패가 아니라 그것을 넘어선 또 다른 승리요 완성이라 하겠습니다. 이렇게 사랑이란 감정은 미묘하고도 복잡하고 멀기까지 합니다. 내가 볼 때 모든 사랑은 첫사랑입니다. 새로운 사람과 새로운 감정으로 새로운 관계에서 맺는 새로운 사랑입니다.

이제 막 싹트기 시작한 사랑에 상처를 받을까 두려운가요? 그러한 당신께 나는 이 말을 해주고 싶습니다. '우리, 사랑이 찾아올 때 너무 두려워하지 맙시다. 피하지 맙시다. 고즈넉이 받아서 가슴에 안아줍시다.'

그러노라면 사랑이 우리네 인생에서 가장 아름다운 꽃으로 피어날지도 모를 일입니다. 사랑이야말로 생의 원동력. 우리 인생을 싱싱하게 해주는 초록과 같은 것입니다.

낮은 곳으로

낮은 곳에 있고 싶었다
낮은 곳이라면 지상의
그 어디라도 좋다
찰랑찰랑 물처럼 고여들 네 사랑을
온몸으로 받아들일 수만 있다면
한 방울도 헛되이
새어 나가지 않게 할 수만 있다면

그래, 내가
낮은 곳에 있겠다는 건
너를 위해 나를
온전히 비우겠다는 뜻이다
나의 존재마저 너에게
흠뻑 주고 싶다는 뜻이다

잠겨 죽어도 좋으니
너는 물처럼 내게 밀려오라

이정하

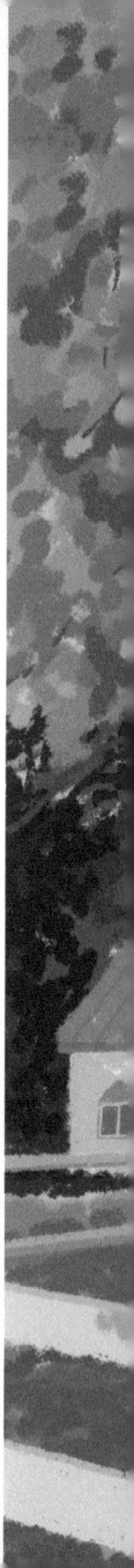

청혼

나는 오래된 거리처럼 너를 사랑하고
별들은 벌들처럼 웅성거리고

여름에는 작은 은색 드럼을 치는 것처럼
네 손바닥을 두드리는 비를 줄게
과거에게 그랬듯 미래에게도 아첨하지 않을게

어린 시절 순결한 비누 거품 속에서 우리가 했던 맹세들을 찾아
너의 팔에 모두 적어줄게
내가 나를 찾는 술래였던 시간을 모두 돌려줄게

나는 오래된 거리처럼 너를 사랑하고
별들은 귓속의 벌들처럼 웅성거리고

나는 인류가 아닌 단 한 여자를 위해
쓴잔을 죄다 마시겠지
슬픔이 나의 물컵에 담겨 있다 투명 유리 조각처럼

진은영

사랑하는 마음 내게 있어도

사랑하는 마음
내게 있어도
사랑한다는 말
차마 건네지 못하고 삽니다
사랑한다는 그 말 끝까지
감당할 수 없기 때문

모진 마음
내게 있어도
모진 말
차마 하지 못하고 삽니다
나도 모진 말 남들한테 들으면
오래오래 잊혀지지 않기 때문

외롭고 슬픈 마음
내게 있어도
외롭고 슬프다는 말
차마 하지 못하고 삽니다
외롭고 슬픈 말 남들한테 들으면
나도 덩달아 외롭고 슬퍼지기 때문

사랑하는 마음을 아끼며
삽니다
모진 마음을 달래며
삽니다
될수록 외롭고 슬픈 마음을
숨기며 삽니다.

나태주

전화

당신이 없는 것을 알기 때문에
전화를 겁니다.
신호가 가는 소리.

당신 방의 책장을 지금 잘게 흔들고 있을 전화 종소리, 수화기를 오래 귀에 대고 많은 전화 소리가 당신 방을 완전히 채울 때까지 기다립니다. 그래서 당신이 외출에서 돌아와 문을 열 때 내가 이 구석에서 보낸 모든 전화 소리가 당신에게 쏟아져서 그 입술 근처나 가슴 근처를 비벼대고 은근한 소리의 눈으로 당신을 밤새 지켜볼 수 있도록.

다시 전화를 겁니다.
신호가 가는 소리.

마종기

사랑의 되뇌임

사랑한다고 한 번 더 들려주세요
다시 한번 그 말을 되뇌면
그대에겐 뻐꾸기 울음 같겠지만

기억해야 해요 뻐꾸기 울음 없이는
연한 초록빛을 띤 찬란한 봄이
산이나 들에 계곡과 숲에 찾아오지 않아요

온갖 별들이 저마다 하늘을 수놓을 때
너무 많다고 불평할 사람이 어디 있겠어요?

온갖 꽃들이 저마다 존재를 드리울 때
너무 많다고 불평할 사람이 어디 있겠어요?

사랑해, 사랑해, 사랑해
그 달콤한 말을 속삭여주세요.

엘리자베스 바렛 브라우닝

나의 꿈

당신이 맑은 새벽에 나무그늘 사이에서 산보할 때에, 나의 꿈은 작은 별이 되어서 당신의 머리 위를 지키고 있겠습니다.

당신이 여름날에 더위를 못 이기어 낮잠을 자거든, 나의 꿈은 맑은 바람이 되어서 당신의 주위에 떠돌겠습니다.

당신이 고요한 가을밤에 그윽이 앉아서 글을 볼 때에, 나의 꿈은 귀뚜라미가 되어서 당신의 책상 밑에서 '귀뚤귀뚤' 울겠습니다.

한용운

너도 그러냐

나는 너 때문에 산다

밥을 먹어도
얼른 밥 먹고 너를 만나러 가야지
그러고
잠을 자도
얼른 날이 새어 너를 만나러 가야지
그런다

네가 곁에 있을 때는 왜
이리 시간이 빨리 가나 안타깝고
네가 없을 때는 왜
이리 시간이 더딘가 다시 안타깝다

멀리 길을 떠나도 너를 생각하며 떠나고
돌아올 때도 너를 생각하며 돌아온다
오늘도 나의 하루해는 너 때문에 떴다가
너 때문에 지는 해이다

너도 나처럼 그러냐?

나태주

명랑

나는 내가 좋습니다 당신도
당신이 좋습니까

낮에 당신은 당신에게 뭐라 말합니까
밤에 당신은 당신에게
뭐라 말합니까

오늘 당신에게 내 생각이 잠깐
다녀갔습니까
오늘 나에게 당신 생각이
잠깐 다녀갔습니까

자기 꼬리를 물려고 빙글빙글 도는
강아지처럼
어둔 하늘 아래 천천히 시드는
방앗잎들처럼

가볍게 오고 싶지 않습니다 가볍게
가고 싶지 않습니다

정말입니까
나는 내가 좋습니다 당신도
당신이 좋습니까

고영민

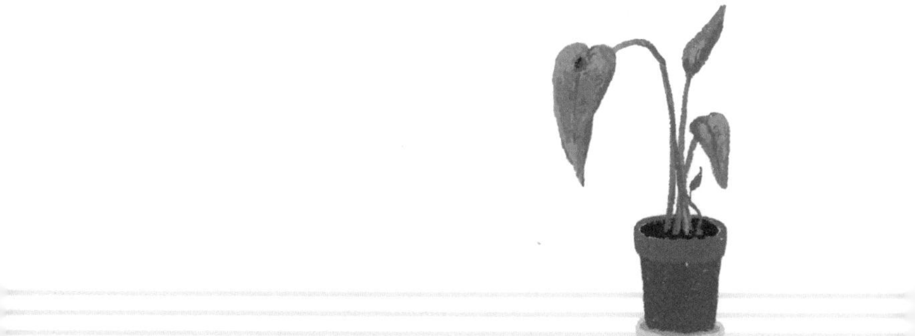

도움말

내 말을 잘 듣게, 여보게들
태어난다는 것은 괴로운 일
죽는다는 것은 비참한 일이지
그러니 꽉 붙잡아야 하네
사랑한다는 일을 말일세
태어남과 죽음 사이에 있는 시간 동안.

랭스턴 휴스

펭귄 연인

팔이 없어 껴안을 수 없어
다리가 짧아 도망갈 수도 없어

배도 입술도 너무 불러
너에게 깃들 수도 없어

앉지도 눕지도 못한 채
엉거주춤 껴안고 서 있는
여름 펭귄 한 쌍

밀어내며 끌어안은 채
오랜 세월 그렇게

서로를 녹이며
서로가 녹아내리며

정끝별

바람

바람.
바람.
바람.

너는 내 귀가 좋으냐?
너는 내 코가 좋으냐?
너는 내 손이 좋으냐?

내사 온통 빨개졌네.

내사 아무치도 않다.

호호 추워라 구보로!

정지용

출렁거림에 대하여

너를 만나고 온 날은, 어쩌랴 마음에
반짝이는 물비늘 같은 것 가득 출렁거려서
바람 불어오는 강둑에 오래오래 서 있으니
잔바람 한 자락에도 한없이 물살 치는 잎새처럼
네 숨결 한 올에 내 가슴 별처럼 희게 부서지던
그 못다 한 시간들이 마냥 출렁거려서
내가 시방도 강변의 조약돌로 일렁이건 말건
내가 시방도 강둑에 패랭이꽃 총총 피우건 말건

고재종

눈은 내리네

이 겨울의 아침을
눈은 내리네

저 눈은 너무 희고
저 눈의 소리 또한 그윽하므로

내 이마를 숙이고 빌까 하노라
임이여 설운(雪雲) 빛이
그대의 입술을 물들이나니
그대 또한 저 눈을 사랑하는가

눈은 내리어
우리 함께 빌 때러라.

박용철

다시 사랑이

사랑이 시작되는 걸 두려워하지 않으리

다시 외로워지는 걸 두려워하지 않으리

외딴섬
지독한 고독만이 어둠 속에 빛이어도

밀어닥치던 사랑이 나를 축복하고 떠나도

하얀 낙화(落花) 천천히 배경으로 물러나도

사랑이 시작되는 걸
두려워하지
않으리

홍성란

사랑에 빠질수록 혼자가 되라

사랑에 빠진 사람은
혼자 지내는 데 익숙해야 한다
사랑이라고 불리는 그것
두 사람의 것으로 보이는 그것은 사실
홀로 있어야만 비로소 충분해져
마침내 완성되는 것이기에
사랑이 자기감정 속에 든 사람은
사랑으로 매일 자신을 갈고닦을 수 있다
서로에게 부담스러운 짐이 되지 않고
그 거리에서 한없이 자유로울 수 있는 것
사랑에 빠질수록 혼자가 되라
두 사람이 겪으려 하지 말고
오로지 혼자가 되라.

라이너 마리아 릴케

Choco
Jam

내가 너를

내가 너를
얼마나 좋아하는지
너는 몰라도 된다

너를 좋아하는 마음은
오로지 나의 것이요,
나의 그리움은
나 혼자만의 것으로도
차고 넘치니까……

나는 이제
너 없이도 너를
좋아할 수 있다.

나태주

우리가 우리를 완벽히 껴안는 방법

나는 당신을
당신은 나를 껴안습니다

멀어 보였는데 우리
서로의 그림자처럼
가까운 곳에 있었습니다

안기는 것은 소유와 아무런 관계없습니다

당신이 나를 안으니

슬픔이 슬픔을
웃음이 웃음을
얼굴이 얼굴을
오늘이 어제를

포옹이 포옹을
완벽히 껴안았습니다

주영헌

우리 둘

우리 둘은 서로 손을 잡고
어디에서나 마음속 깊이 서로를 믿는다

아늑한 나무 아래 어두운 하늘 아래
모든 지붕 아래 난롯가에서
사람들의 모호한 눈동자 속에서
현명한 이와 어리석은 이 곁에서
어린아이나 어른 틈에서
사랑은 그 무엇도 감추지 않는 것
우리가 그것의 확실한 증거다

사랑하는 사람들은 마음속 깊이 서로를 믿는다.

폴 엘뤼아르

사랑이란

사랑이란 생각이다
사랑이란 기다림이다
사랑이란 기쁨
사랑이란 슬픔
사랑이란 별
사랑이란 고통이다
홀로 있기에 가슴 저려오는 고독
사랑은 고통을 즐긴다

그대의 머릿결
그대의 눈
그대의 미소는
누군가의 마음을 불태워
온몸을 흔들리게 한다

꿈을 꾸듯 생각에 빠지고
그대들은
그대들의 육체에, 영혼에, 삶에
그대들의 목숨까지 바친다

그리고
둘이 다시 하나 될 때
아, 그대들은
한 쌍의 새처럼 노래한다

버지니아 울프

여름밤의 풍경

새벽 한 시 울타리에 주렁주렁 달린 호박꽃엔
한 마리 반딧불이 날 찾는 듯 반짝거립니다
아, 멀리 계신 임의 마음 반딧불 되어 오셨습니까?
삼가 방문을 열고 맨발로 마중 나가리다.

창 아래 잎잎이 기름진 대추나무 사이로
진주같이 작은 별이 반짝거립니다
당신의 고운 마음 별이 되어 날 부르시나이까?
자던 눈 고이 닦고 그 눈동자 바라보리다.

후원 담장 밑에 하얀 박꽃이 몇 송이 피어
수줍은 듯 홀로 내 침실을 바라보나이다
아, 임의 마음 저 꽃이 되어 날 지키시나이까?
나도 한 줄기 미풍이 되어 당신 귀에 불어가리다.

노자영

연인 곁에서

태양이 바다를 비추면
나는 너를 생각한다
희미한 달빛이 샘물에 떠 있으면
나는 너를 생각한다

먼 길 위에 먼지가 자욱이 일면
나는 너를 본다
깊은 밤 좁은 오솔길에 나그네 지나가면
나는 너를 본다

파도치는 소리가 멀리서 들려오면
나는 네 소리를 듣는다
모두가 잠들어 있을 때
고요한 숲속을 거닐며 나는 이따금
바람이 살랑거리는 소리,
너의 목소리를 듣는다

나는 너와 함께 있다
너는 아직도 멀리 있지만
내게는 무척 가깝다

곧 태양이 지고 별빛이 반짝이겠지
아, 거기 네가 있다면.

요한 볼프강 폰 괴테

가을 서한

1

끝내 빈손 들고 돌아온 가을아,
종이 기러기 한 마리 안 날아오는 비인 가을아,
내 마음까지 모두 주어버리고 난 지금
나는 또 그대에게 무엇을 주어야 할까 몰라.

2

새로 국화 잎새 따다 수놓아
새로 창호지문 바르고 나면
방 안 구석구석까지 밀려 들어오는 저승의 햇살
그것은 가난한 사람들만의 겨울 양식.

3

다시는 더 생각하지 않겠다,
다짐하고 내려오는 등성이에서
돌아보니 타닥타닥 영그는 가을 꽃씨 몇 옴큼
바람 속에 흩어지는 산 너머 기적 소리.

4

가을은 가고

남은 건
바바리코트 자락에 날리는 바람
때 묻은 와이셔츠 깃

가을은 가고
남은 건
그대 만나러 가는 골목길에서의
내 휘파람 소리

첫눈 내리는 날에
켜질
그대 창문의 등불빛
한 초롱.

나태주

초상정사(草上靜思)

풀밭에 호올로 눈을 감으면
아무래도 누구를
기다리는 것 같다.

연못에 구름이 스쳐가듯이
언젠가는 내 가슴을 고이 스쳐간
서러운 그림자가 있었나 보다.

마치 스스로의 더운 입김에
모란이 뚝뚝 져버리듯이
한없이 나를 울렸나 보다

　누구였기에
　누구였기에
　아아 진정 누구였기에…

풀밭에 호올로 눈을 감으면
어디선가 단 한 번 만난 사람을

아무래도 기다리고 있는 것 같다.

이형기

아침저녁으로 읽기 위하여

사랑하는 사람이
나에게 말했다
“당신이 필요해요”

그 후로
나는 정신을 차리고
길을 걷는다
빗방울마저도 두려워하면서
그것에 맞아 살해되어서는 안 되었기에

베르톨트 브레히트

아름다움을 사랑하신다면

아름다움을 사랑하신다면 저를 사랑하지 마세요
태양을 사랑하세요. 금빛 머리카락의 태양을
젊음을 사랑하신다면 저를 사랑하지 마세요
봄을 사랑하세요. 해마다 혈기를 띠고 찾아오는 봄을
보물을 사랑하신다면 저를 사랑하지 마세요
인어를 사랑하세요. 진주를 많이 가진 인어를
그렇지만 사랑을 사랑하신다면
그래요. 저를 사랑하세요
저를 사랑해주신다면 저도 영원히 당신을 사랑할게요.

프리드리히 뤼케르트

언제나 기억하세요

"당신을 사랑해요"
그것은 절대적인 것이 아니며
결코 가볍게 할 수 있는 말이 아니라는 걸
우리는 잊고는 합니다

"당신을 사랑해요"
이 말을 하기까지
또 그 말을 더 자주 속삭이기까지
우리가 어떤 과정을 겪었는지
언제까지고 기억하기를.

레인 파슨스

Part 3

저토록
씩씩하게

아홉 번 ———— 실패했다면

누구에게든 삶은 늘 녹록하지가 않습니다. 삶 자체가 그리 쉬운 게 아니기 때문에 그러합니다. 시련이 따르고 위험이 따르고 굴곡이 있게 마련입니다. 그래서 또 자칫 절망하고 주저앉고 싶을 때가 있습니다. 그런 때 가장 위험한 유혹은 포기하고 싶은 마음입니다. 하지만, 하지만 말입니다. 포기는 가장 나쁜 마음이요 가장 잘못된 결정입니다.

티베트 속담에 이런 말이 있습니다. '아홉 번 실패했다면 아홉 번 시작했다는 것이다.' 그렇습니다. 아홉 번 시작했으니 아홉 번 실패할 수 있었던 겁니다. 그러니 거기서 한 번을 더 시작해보는 것, 중요한 건 바로 그것입니다.

우리말에 칠전팔기(七顚八起)란 말이 있기도 하지만 나는 '실패는 성공의 어머니'란 말을 철저히 믿는 사람입니다. 심지어 나는 이렇게 말하고 싶어 하는 사람입니다. '그렇게 하면 안 된다는 것을 더 많이 아는 사람이 더 많이 성공할 확률이 높은 사람이다.'

어찌 실패 없는 인생만을 고집할 수 있겠습니까. 실패해본 경험이 없는 사람의 인생처럼 위험한 인생은 없습니다. 반드시 마이너를 거쳐서만 메이저가 될 수 있습니다. '땅에서 넘어진 자, 그 땅을 짚고 일어서라.' 이것은 또 불교에서 하는 말씀이지만 우리가 살아갈 때 도움을 주고 용기를 북돋아주는 말입니다.

세상에서 가장 아름다운 가치는 생명의 가치요 사랑의 가치입니다. 그 두 가지를 방해할 아무런 가치도 없습니다. 우리들의 노력과 행위는 그 두 가지를 돕고 성장시키는 데에 기여해야 합니다. 생명을 생명답게 하고 사랑을 사랑답게 하는 것. 그러기 위해 실패해도 끊임없이 일어나 앞으로 나아가는 것. 그 외에 다른 인생의 좋은 가치는 없습니다.

포기하지 말아요

때때로 그렇듯 일이 잘못될 때
앞에 언덕길만 계속되는 것 같을 때
주머니 사정이 나쁘고 빚이 불어날 때
웃고 싶지만 한숨만 나올 때
근심이 마음을 짓누를 때
쉬어야겠다면 쉬세요
하지만 포기하지는 말아요

때때로 그렇듯 인생이 풍파로 얼룩질 때
실패에 실패만 이어질 때
잘하면 될 수도 있었을 텐데 그러지 못했을 때
걸음을 늦추더라도 포기하지는 말아요
한 번만 더 해보면 성공할지 모르니까요

힘들어 머뭇거려진다면 기억하세요
목표가 보기보다 가까이 있을 때도 많다는 것을
승자가 될 수 있었는데 노력하다 포기하는 경우도 많지요
금관이 바로 저기 있었다는 것을
너무 늦게 깨달았죠
이미 슬그머니 밤이 온 후에야

성공은 실패를 뒤집어놓은 것
당신은 성공에 가까이 다가왔죠
멀리 있는 듯 보이지만 성공은 가까이 있을지 몰라요
그러니 너무 힘들 때도 끈질기게 싸워요
최악으로 보이는 상황이야말로
포기하면 안 되는 때이니까요.

클린턴 하웰

다시 꿋꿋이 살아가는 법

일단 꼬박꼬박 밥 먹고 힘내기
깨끗이 잘 차려 입고 자주 웃기
슬프면 참지 말고 실컷 울기
햇살 좋은 나무 사이로 많이 걷기
고요에 잠겨 묵직한 책을 읽기
좋은 벗들과 좋은 말을 나누기
곧은 걸음으로 다시 새길을 나서기

박노해

한 걸음 더

낙타를 무릎 꿇게 하는 마지막 한 짐
거목을 쓰러뜨리는 마지막 한 도끼

사람을 식게 하는 마지막 한 눈빛
허구한 목숨을 거둬가는 마지막 한 숨

끝내 안 보일 때까지 본 일 또 보고
끝을 볼 때까지 한 일 또 하고

거기까지 한 걸음 더
몰리니까 한 걸음 더

댐을 무너뜨리는 마지막 한 줄의 금
장군!을 부르는 마지막 한 수

시대를 마감하는 마지막 한 방울의 피
이야기를 끝내는 마지막 한 문장

알았다면 다시 할 수 없는 일
알았다 해도 다시 할 수밖에 없는 일

거기까지 한 걸음 더
모르니까 한 걸음 더

정끝별

하늘은 지붕 위로

하늘은 지붕 위에서 너무도 푸르고 조용하구나
종려나무는 지붕 위에서 잎사귀 일렁이고

종은 하늘 가운데에서 부드럽게 울리고
새는 나무 위에서 구슬피 울고

아, 삶은 바로 저기에,
단순하고 평온하게 있는 거구나
이 평화로운 웅성거림은
저기 저 마을에서 들려오는 것

뭘 했니, 오, 너 말이야, 바로 여기서
계속 울고만 있는
말해봐, 뭘 했니, 너, 바로 여기 있는,
네 젊음을 가지고 뭘 했니?

폴 베를렌

겨울나무들

바람에게 옷들을 모두 뺏기고
발가숭이 서 있는 겨울나무들

추울 테면 추워라, 어디 해보자.
서로 기운 돋우며 버티고 섰다.

까치들이 가여워 인사를 해도
들은 척도 안 하고 겨울나무들

두고 보자 두고 봐, 누가 이기나
봄의 꿈을 꾸면서 굳세게 섰다.

권태응

3월에 오는 눈

눈이라도 3월에 오는 눈은
오면서 물이 되는 눈이다
어린 가지에
어린 뿌리에
눈물이 되어 젖는 눈이다
이제 늬들 차례야
잘 자라거라 잘 자라거라
물이 되며 속삭이는 눈이다.

나태주

나에게 묻는다

꽃이 대충 피더냐.
이 세상에 대충 피는 꽃은 하나도 없다.
꽃이 소리 내며 피더냐.
이 세상에 시끄러운 꽃은 하나도 없다.
꽃이 어떻게 생겼더냐.
이 세상에 똑같은 꽃은 하나도 없다.
꽃이 모두 아름답더냐.
이 세상에 아프지 않은 꽃은 하나도 없다.
그 꽃들이 언제 피고 지더냐.
이 세상의 모든 꽃은
언제나 최초로 피고 최후로 진다.

이산하

약속

먹을 것이 없어도
배가 고파도
우리는 살아나갈 것을
약속합시다.
떨어진 신발
무르팍이 보이는 옷을 걸치고
우리는 열심히 배울 것을
약속합시다.
세상은 그리 아름답지
못하나
푸른 하늘과 내
마음은 영원한 것
오직 약속에서 오는
즐거움을 기다리면서
남보담 더욱 진실히
살아나갈 것을
약속합시다.

박인환

슬프고 괴로운 일을 만나거든

슬프고 괴로운 일을 만나거든
이렇게 생각하라
지금의 이 괴로운 일은
앞으로도 있을 것이며
다른 사람에게도 예외는 아니라고

또 이렇게 생각하라
이 일은 오늘 처음 겪은 괴로움이 아니라고
다만 지금은 다 잊고 무심해졌을 뿐이라고

그대가 지금 괴롭고 슬플지라도
이는 단지 하나의 시련에 지나지 않는다
쇠는 뜨거운 불에 달구어져야 강해진다
그대도 지금의 이 시련으로
더욱 굳센 마음이 될 것이다.

아우렐리우스

지혜

불완전한 것들에 대항하느라
내 날개를 꺾어버리는 일을 그만둘 때

좀처럼 열리지 않는 문 뒤에서
타협하는 법을 배울 때

내 시야와
성숙한 고요함과
냉철한 지혜로
삶을 바라볼 때

삶은 나에게 진실을 가르쳐준다
삶이 가져간 젊음 대신.

사라 티즈데일

식사법

콩나물처럼 끝까지 익힌 마음일 것
쌀알빛 고요 한 톨도 흘리지 말 것
인내 속 아무 설탕의 경지 없어도 묵묵히 다 먹을 것
고통, 식빵처럼 가장자리 떼어버리지 말 것
성실의 딱 한 가지 반찬만일 것

새삼 괜한 짓을 하는 건 아닌지
제명에나 못 죽는 건 아닌지
두려움과 후회의 돌들이 우두둑 깨물리곤 해도
그깟것 마저 다 낭비해버리고픈 멸치똥 같은 날들이어도
야채처럼 유순한 눈빛을 보다 많이 섭취할 것
생의 규칙적인 좌절에도 생선처럼 미끈하게 빠져나와
한 벌의 수저처럼 몸과 마음을 가지런히 할 것

한 모금 식후 물처럼 또 한 번의 삶, 을
잘 넘길 것

김경미

며루치는 국물만 내고 끝장인가

(아내는 맛있게 끓는 국물에서 며루치를
하나씩 집어내버렸다. 국물을 다 낸 며루치는
버려야지요. 볼썽도 없고 맛도 없으니까요.)
며루치는 국물만 내고 끝장인가.

뜨겁게 끓던 그 어려운 시대에도
며루치는 곳곳에서 온몸을 던졌다.
(며루치는 비명을 쳤겠지. 뜨겁다고,
숨차다고, 아프다고, 어둡다고, 떼거리로
잡혀 생으로 말려서 온몸이 여위고
비틀어진 며루치떼의 비명을 들으면.)

시원하고 맛있는 국물을 마시면서
이제는 쓸려나간 며루치를 기억하자.
(남해의 연한 물살, 싱싱하게 헤엄치던
은빛 비늘의 젊은 며루치떼를 생각하자.
드디어 그 긴 겨울도 지나고 있다.)

마종기

꽃피우기

꽃을 피운다는 건
가늠할 수 없는 막막한 허공에 실가지 뻗어
그곳을 머물고 싶은 풍경으로 바꾸고
잿빛 대지를 살아 있는 빛깔로 바꾸는 일이다
봄날의 개나리꽃이 그러하다

꽃을 피운다는 건
꽃샘바람 뺨을 치고
황사 눈앞을 가리고
그 위에 흙비 쏟아져도
멈추지 않는 일이다

멈추지 않고 자신의 전부를
밀어올리는 일이다
밀어올리는 흔적 하나하나가 모여
눈물겹고 아름다운 얼굴로
바꾸는 일이다

대지에 눈 감고 있는 것들
하나씩 눈뜨게 하고

그래 다시 시작해야 할 때가 왔어
이렇게 가슴 두근거리게 하는 일이다
개나리꽃이 그러하다

도종환

순대국밥집

마음 허하고
아무 곳에도 기댈 곳 없는 날은
비실비실 저녁 어스름 밟으며
시장 골목길 돌고 돌아
허름한 순대국밥집 찾아들어라

문을 밀치고 들어서자마자
달겨드는 구숫한 음식 내음새
순대국밥 안주 하여 막걸리나 소주 마시며
크게 떠드는 사람들의
이야기 소리 웃음소리
더러는 다투는 소리
그동안 내가 찾지 못하던
세상 살 재미들이 모두 여기
이렇게 깡그리 모여 있었구나

종일 두고 무쇠솥에 국물은 끓고
김은 피어오르고
시꺼메진 벽을 등에 지고
보일 듯 말 듯 웃음 짓는

주인 아낙네
순대국밥 마는 일 하나로 저토록
늙어버린 주인 아낙네
내가 그동안 잃어버린 미더운
사람 마음과 사람의 얼굴이
여기 와 이렇게 기다리고 있었구나

비록 그들은 날마다 사는 일에 지치고
생채기 받지만
저토록 씩씩하게 자신들의 하루를 잘
갈무리하고 있음이여!

나태주

근심

몇 번이고, 몇 번이고 자꾸
돌아오지 마라
내 마음대로 하게 해다오
나에게 행복을 다오
도망쳐야 할까, 붙잡아야 할까
이제 더 이상 망설이지 않겠다
나를 행복하게 할 생각이 없다면
근심이여,
차라리 나를 영리하게 만들어다오.

요한 볼프강 폰 괴테

책

이 세상 어떠한 책도 그대에게 행복을 주지는 못한다
그러나 살며시 그대를 일깨워 스스로에게 돌아가게 해준다

책에는 그대에게 필요한 모든 것이 있다
해와 달과 별, 그대가 찾고 있는 빛까지

그대가 책에서 오래도록 찾고 헤매던 지혜는
지금 모든 책장에서 반짝이고 있다
이제 그 지혜는 그대의 것이다.

헤르만 헤세

그런 길은 없다

아무리 어둔 길이라도
나 이전에 그 누군가는

아무리 가파른 길이라도
나 이전에 그 누군가는

아무도 걸어간 적 없는
그런 길은 없다

나의 이 어두운 시간이
비슷한 여행을 하는
모든 사랑하는 사람들에게
도움을 줄 수 있기를.

베드로시안

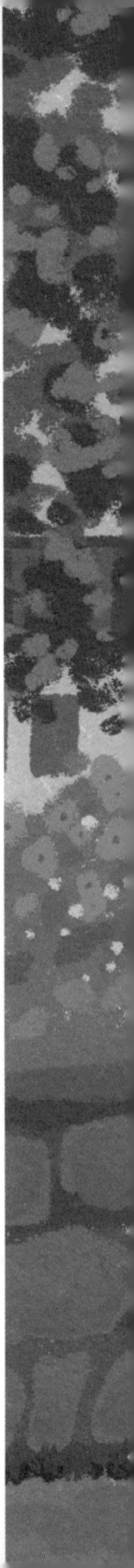

인생 거울

세상에는 변하지 않는 마음과
굴하지 않는 정신이 있다
순수하고 진실한 영혼들도 있다
그러므로 그대가 가진 최상의 것을 세상에 주라
최상의 것이 그대에게 돌아올 것이다
사랑을 주면 그대 삶에 사랑이 모이고
가장 어려울 때 힘이 된다
삶을 신뢰하라 그러면 많은 이들이
그대의 말과 행동을 신뢰할 것이다
마음의 씨앗을 세상에 뿌리는 일이
지금은 헛되이 보일지 모른다
그러나 언젠가는 열매를 거두게 될 것이다
그 누구에게든 삶은 단지 하나의 거울
우리의 존재와 행동을 그대로 보여줄 뿐이다
그대가 가진 최상의 것을 세상에 주라
최상의 것이 그대에게 돌아오리니.

매들린 브리지스

폭설

한 열흘 독감 앓고 나서
가벼워진 몸으로 문을 나선다
앓는 내내 눈은 내려서
세상은 백지 한 장으로 크게 펼쳐져 있다
지키지 못한 약속, 멀어진 인연들을
떠올린다 재작년 백두산 가는 길에 만났던
가는 허리의 자작나무들
새삼 자꾸만 눈에 밟혀온다
내 몸에 유숙하여 육신 물어뜯던
바이러스 그 사나운 심술에 대하여도
나는 어느새 너그러워지고 있다
그들은 내내 생에 신중할 것과
겸허할 것을 주문해오지 않았던가
한 열흘 앓고 나서
덩달아 세상도 수척해 보이고
사람들의 표정 넉넉하고 유순해 보인다
나는 지금보다 훨씬 더 단순하게 살아가야 하리
잠든 휴대폰 꺼내 전원을 연다
사소한 오해로 멀어진 친구에게 전화를 건다

이재무

기도

내가 외로운 사람이라면
나보다 더 외로운 사람을
생각하게 하여 주옵소서

내가 추운 사람이라면
나보다 더 추운 사람을
생각하게 하여 주옵소서

내가 가난한 사람이라면
나보다 더 가난한 사람을
생각하게 하여 주옵소서

더욱이나 내가 비천한 사람이라면
나보다 더 비천한 사람을
생각하게 하여 주옵소서

그리하여 때때로
스스로 묻고

스스로 대답하게 하여 주옵소서.

나태주

내가 바라보면

내가 바라보면 그대 이마는
말갛게 씻은 유리그릇이 된다
내가 바라보면 그대 두 볼은
잘 익어 숨 쉬는 가을과일이 된다
내가 바라보면 그대 팔뚝은
지느러미로 헤엄치는 바닷물고기가 된다
내가 바라보면 그대 다리는
푸른 바람에 몸을 씻는 높은 산 정수리의 나무가 된다
내가 바라보면 그대 젖가슴은
두 개의 불타는 태양이 된다
내가 바라보면
그대 맨발에도 눈이 생기고
그대 머리칼 하나하나에도
손이 생긴다.

나태주

동그란 길로 가다

누구도 산정에 오래 서 있을 수는 없다
누구도 골짜기에 오래 머물 수는 없다

삶은 최고와 최악의 순간들을 지나
유장한 능선을 오르내리며 가는 것

절정의 시간은 짧다
최악의 시간도 짧다

환희의 날들은 짧다
고난의 날들도 짧다

돌아보면
좋을 때도 순간이고
힘든 때도 순간인 것을

그러니 담대하라
어떤 경우에도 진실된 자신을 잃지 마라
어떤 경우에도 인간의 위엄을 잃지 마라

긴 호흡으로 보면
좋은 게 좋은 것이 아니고
나쁜 게 나쁜 것이 아닌 것을

삶은 동그란 길로 돌아 나오는 것을

박노해

나무 학교

나이에 관한 한 나무에게 배우기로 했다
해마다 어김없이 늘어가는 나이
너무 쉬운 더하기는 그만두고
나무처럼 속에다 새기기로 했다
늘 푸른 나무 사이를 걷다가
문득 가지 하나가 어깨를 건드릴 때
가을이 슬쩍 노란 손을 얹어 놓을 때
사랑한다!는 그의 목소리가 심장에 꽂힐 때
오래된 사원 뒤뜰에서
웃어요! 하며 숲을 배경으로
순간을 새기고 있을 때
나무는 나이를 겉으로 내색하지 않고도 어른이며
아직 어려도 그대로 푸르른 희망
나이에 관한 한 나무에게 배우기로 했다
그냥 속에다 새기기로 했다
무엇보다도 내년에 더욱 울창해지기로 했다

문정희

Part 4

봄날의 포근한 바람이
일고 있으니

행복은 일상을 더 아끼는 마음에 있다

행복한 사람들보다 그렇지 않은 사람들이 더 많은 것 같습니다. 한국인의 행복지수가 세계적으로 낮은 것이 어제오늘의 일이 아닌 걸 보면 말입니다. 왜일까요? 경제적으로는 좋아졌는데 정작 정서적으로는 왜 행복감을 느끼지 못할까요? 물론 사회구조적인 문제도 있을 겁니다. 그렇지만 말입니다. 그보다 우리 자체에 문제가 있다고 봅니다. 무엇보다도 만족이 없어서 그런 것입니다.

달라이 라마는 말했습니다. '탐욕의 반대는 무욕이 아니라 만족입니다.' 언뜻 문장으로 보면 맞지 않는 것 같지만 현실적으로는 백번 옳은 말씀입니다. 어디까지나 우리에게 만족이 없어서 불행감이 들고 우울한 마음 또한 있는 것입니다.

행복감 앞에 어떤 마음이 있을까요? 어떤 마음이 행복감을 가져다줄까요? 단연코 행복감을 주는 마음은 기쁨이라고 생각합니다. 기쁨이 없기에 행복하지 않은 것입니다. 그럼, 기쁨 앞에는 어떤 마음이 있을까요? 바로 달라이 라마가 말하는 만족이 거기 있어야 합니다.

그러합니다. 만족이 기쁨을 데려오고 기쁨이 또 행복을 불러오는 것입니다. 그렇다면 만족감 앞에는 또 어떤 마음이 필요할까요? 뭐니 뭐니 해도 감사한 마음이 있어야 합니다. 그것이 그러할 때, 감사 → 만족 → 기쁨 → 행복의 순서로 행복이 완성된다고 봅니다.

무엇보다도 지금 우리에게는 상대적 비교가 너무나도 큰 영향을 줍니다. 타인의 행복이 나의 불행이 됩니다. 그리고 매사에 속도가 지나치게 빠릅니다. 진정한 행복이 무엇인지 살필 여유가 없습니다. 그래서 상실감을 느끼고 자존감과 만족감이 떨어져 행복하지 않은 것입니다. 속도를 늦추고 타인과의 비교를 줄이며, 내 곁에 머무는 일상의 것들을 소중히 여기는 마음이 필요합니다. 오래된 것, 평범한 것을 아끼는 마음이 있어야 합니다. 새로운 것, 비싼 것, 큰 것만을 추구할 때 행복감은 절대 올라가지 않습니다. 무엇보다 나 자신을 사랑하고 용서해줄 때 우리는 행복해질 수 있습니다.

무명한 것

아무것 아니라서 좋다
나는 내가
아무것 아니라서 납작 엎드려 있을 수 있어 좋다

만약 기린의 무엇이 되었다면
긴 다리로 설렁설렁 삶을 건너뛰었을 테고

나를 낮추어 겸손과 친하지 않았을 테고
속 깊은 배려와 손잡지 않았을 게다

나는 내가 아무것 아닌 게 좋다

뜬소문처럼 이리저리 휩쓸리지 않아도 되고
속 보이게 얕은 머리 굴리지 않아도 되고

가자미처럼 엎드려
세상에 없는 듯 있어도
누구 하나 뭐라 하지 않으니

눈치 볼 것 없는 무명이 이리 좋다

문영숙

행복

1

딸아이의 머리를 빗겨주는
뚱뚱한 아내를 바라볼 때
잠시 나는 행복하다
저의 엄마에게 긴 머리를 통째로 맡긴 채
반쯤 입을 벌리고
반쯤은 눈을 감고
꿈꾸는 듯 귀여운 작은 숙녀
딸아이를 바라볼 때
나는 잠시 더 행복하다.

2

학교 가는 딸아이
배웅하러 손잡고 골목길 가는
아내의 뒤를 따라가면서
꼭 식모 아줌마가
주인댁 아가씨 모시고 가는 것 같애
놀려주면서
나는 조금 행복해진다
딸아이 손을 바꿔 잡고 가는 나를

아내가 뒤따라오면서
꼭 머슴 아저씨가
주인댁 아가씨 모시고 가는 것 같애
놀림을 당하면서
나는 조금 더 행복해진다.

나태주

식구

사납다 사납다 이런 개 처음 본다는 유기견도
엄마가 데려다가 사흘 밥을 주면 순하디순한 양이 되었다

시들시들 죽었다 싶어 내다버린 화초도
아버지가 가져다가 사흘 물을 주면 활짝 꽃이 피었다

아무래도 남모르는 비결이 있을 줄 알았는데,
비결은 무슨, 짐승이고 식물이고 끼니 잘 챙겨 먹이면 돼
그러면 다 식구가 되는 겨

박제영

기적

그건 참 기적이야
산에게 기슭이 있다는 건
기슭에 오솔길이 있다는 건
전쟁통에도 나의 집이 무너지지 않았다는 건
중병에도 나의 피는 결코 마르지 않았으며,
햇빛은 나의 창을 끝내 떠나지 않았다는 건
내가 사랑하니
당신의 입술이 봄날처럼 열린다는 건

오늘 아침에도 나는 일어났다, 기적처럼

강은교

이 순간

이 순간 내가
별들을 쳐다본다는 것은
그 얼마나 화려한 사실인가

오래지 않아
내 귀가 흙이 된다 하더라도
이 순간 내가
제9교향곡을 듣는다는 것은
그 얼마나 찬란한 사실인가

그들이 나를 잊고
내 기억 속에서 그들이 없어진다 하더라도
이 순간 내가
친구들과 웃고 이야기한다는 것은
그 얼마나 즐거운 사실인가

두뇌가 기능을 멈추고
내 손이 썩어가는 때가 오더라도
이 순간 내가
마음 내키는 대로 글을 쓰고 있다는 것은

허무도 어찌하지 못할 사실이다

피천득

맑음

비 오는 날
빗소리 들어 보아요

그 소리
음악처럼 들린다면

그대의 마음은
비가 와도 맑음입니다

강원석

행복

그대가 행복을 찾아 헤맨다면
아직 행복해질 준비가 되지 않은 것
세상의 모든 사랑스러운 것들이
그대의 것일지라도

그대가 잃어버린 것을 안타까워하고
목표만을 향해 쉼 없이 달리고 있다면
진정한 마음의 평화가 무엇인지 모르는 것

그대가 모든 소망을 단념하고
행복이라는 이름으로
목표와 욕망에 대해 더는 말하지 않을 때

그때야 비로소
세상의 모든 어둠이 그대에게 멀어져가며
그대의 영혼은 평화로워질 것이다

헤르만 헤세

CONGRATULATION

비행기

나하고, 분이하고
못 쓰는 종이로
비행기를 접는다.
우리우리 비행기는
푸릉푸릉 날아갈 테지.
그리고
하늘나라 별아기를
태우고 올 테지.

오장환

꽃씨를 심으며

희망은 작은 거다
처음엔 이렇게 작은 거다

가슴에 두 손을 곱게 포개고
따스한 눈길로 키워주지 않으면

구멍 난 주머니 속의 동전처럼
그렇게 쉽게 잃어버리는 거다

오늘 내가 심은 꽃씨 한 톨이
세상 한 켠 그늘을 지워준다면

내일이 행여 보이지 않더라도
오늘은 작게 시작하는 거다

홍수희

아무 다짐도 하지 않기로 해요

우리
이번 봄에는 비장해지지 않기로 해요
처음도 아니잖아요

아무 다짐도 하지 말아요
서랍을 열면
거기 얼마나 많은 다짐이 들어 있겠어요

목표를 세우지 않기로 해요
앞날에 대해 침묵해요
작은 약속도 하지 말아요

겨울이 와도
우리가 무엇을 이루었는지 돌아보지 않기로 해요
봄을 반성하지 않기로 해요

봄이에요
내가 그저 당신을 바라보는 봄
금방 흘러가고 말 봄

당신이 그저 나를 바라보는 봄
짧디짧은 봄

우리 그저 바라보기로 해요

그뿐이라면
이번 봄이 나쁘지는 않을 거예요

유병록

소네트 18 - 그대를 한여름 날에 비할까

그대를 한여름 날에 비할까
그대는 여름보다 아름답고 부드러워라
세찬 바람이 오월의 꽃봉오리를 흔들고
여름은 오는 듯 가버리는 것
때로 태양은 너무나도 뜨겁고
태양의 황금빛은 자주 그 빛을 잃고 흐려진다
어떤 것이라 해도 언젠가는 그 아름다움이 사라지는 법
그러나 그대의 영원한 여름만은 퇴색하지 않고
그대가 지닌 아름다움 또한 잃어지지 않으리라
죽음은 그대에게 멀리 있고
영원한 시간 속에
인간이 숨 쉴 수 있고
눈으로 볼 수 있는 한
이 시는 오래 살아
그대에게 생명을 주리라

윌리엄 셰익스피어

아기 신발 가게 앞에서

세상 살맛
무척이도 없는 날은
길거리 아기 신발 가게를 찾아가
유리창 안에 갇혀진
아기 신발들을 바라본다
조그맣고 예쁘고 고운 아기 신발들에
담겨질 만큼의 사랑과 기쁨과
세상 살 재미들을 요량해본다
저 신발의 임자는 누구일까……
저 신발을 신고 걸어 다닐
조그맣고 보드라운 맨발을 가진
어린 사람은 누구일까……
유리창 너머 풀밭 사잇길로
아기가 웃으며 걸어온다
아기는 구름 모자를 썼다
아기는 바람의 옷을 입었다
아가, 이리 온
소리 내어 부르자 아기는 사라지고
차디찬 유리창만이 내 앞을
막아설 뿐.

나태주

지다 남은 꽃

지다 남은 꽃은
아리따운 들판에 피어난 첫 꽃보다도
더욱 사랑스러운 것
그것은 적적한 마음의 그리움을
우리들 가슴에 깨우쳐주는 것
아, 그와도 같이 헤어질 땐
만날 때보다 더욱더
몸에 스며드는 것을.

알렉산드르 세르게예비치 푸시킨

2

사람과 함께 이 길을 걸었네

사람과 함께 이 길을 걸었네
꽃이 피고 소낙비가 오고 낙엽이 흩어지고 함박눈이 내렸네
발자국이 발자국에 닿으면
어제 낯선 사람도 오늘은 낯익은 사람이 되네
오래 써 친숙한 말로 인사를 건네면
금세 초록이 되는 마음들
그가 보는 하늘도 내가 보는 하늘도 다 함께 푸르렀네
바람이 옷자락을 흔들면 모두는 내일을 기약하고
밤에는 별이 뜨리라 말하지 않아도 믿었네
집들이 안녕의 문을 닫는 저녁엔
꽃의 말로 안부를 전하고
분홍신 신고 걸어가 닿을 내일이 있다고
마음으로 속삭였네
불 켜진 집들의 마음을 나는 다 아네
오늘 그들의 소망과 내일 그들의 기원을 안고
사람과 함께 이 길을 걸어가네

이기철

주름

문득, 주름이라는 말에 대해 생각해본다
마흔 넘다보니 나도 참 많은 주름이 졌다
아직 마르지 않은 눈물이 고여 있는
골도 있다 왜 그랬을까?
채 풀리지 않는 의문이 첩첩한 고랑도 있다

여름 별처럼 쨍쨍한 삶을 살아보고 싶었지만
생은 수많은 슬픔과 아픔들이 접히는
주름산과 같은 것이기도 했다 주름의 수만큼
나는 패배하고 있는 것 아닌가라는 두려움도 많았고
주름이 늘어버린 만큼 알아서 접은 그리움도 많았다

하지만 돌이켜보면 그런 주름들이
내 삶의 나이테였다 하나하나의 굴곡이
때론 나를 키우는 굳건한 성장통, 더 넓게
나를 밀어가는 물결무늬들이었다 주름이
참 곱다는 말뜻을 조금은 알 듯도 하다

산다는 것 그것은 어쩌면
수많은 아픔의 고랑과 슬픔의 이랑들을 모아

어떤 사랑과 지혜의 밭을 일구는 것일 거라고
혼자 생각해보는 것이다

송경동

눈이여 쌓여라

눈이여 쌓여라
산만큼 쌓여라
우박아 내려라
미친 듯이 내려서
방의 창문들을 깨트려버려라
아무렇게 되어도 나는 두려울 게 없네
내 마음의 방 안에는
봄날의 포근한 바람이 일고 있으니.

하인리히 하이네

늘, 혹은

늘, 혹은 때때로
생각나는 사람이 있다는 건
얼마나 생기로운 일인가

늘, 혹은 때때로
보고 싶은 사람이 있다는 건
얼마나 즐거운 일인가

카랑카랑 세상을 떠나는
시간들 속에서

늘, 혹은 때때로
그리워지는 사람이 있다는 건
얼마나 인생다운 일인가

그로 인하여
적적히 비어 있는 이 인생을
가득히 채워가며 살아갈 수 있다는 건
얼마나 고마운 일인가

가까이, 멀리, 때로는 아주 멀리
보이지 않는 그곳에서도
끊임없이 생각나고 보고 싶고
그리워지는 사람이 있다는 건
얼마나 지금, 내가
아직도 살아 있다는 명확한 확인인가
아, 그러한 네가 있다는 건
얼마나 따사로운 나의 저녁노을인가.

조병화

다리 위에서

너는 바람 속에 피어
웃고 있는 가을꽃

눈을 감아 본다

흐르는 강물은 보이지 않고
키 큰 가로등도 보이지 않고
너의 맑은 이마도 보이지 않는다

그러나 여전히
강물은 흐르고
가로등 불빛은 밝고
너의 이마 또한 내 앞에 있었으리라

눈을 떠본다

너는 새로 돋아나기 시작하는
초저녁 밤별.

나태주

무지개를 사랑한 걸

무지개를 사랑한 걸
후회하지 말자

풀잎에 맺힌 이슬
땅바닥을 기는 개미
그런 미물을 사랑한 걸
결코 부끄러워하지 말자

그 덧없음
그 사소함
그 하잘것없음이

그때 사랑하던 때에
순금보다 값지고
영혼보다 길었던 걸 새겨두자

눈멀었던 그 시간
이 세상 무엇과도 바꾸지 않을
기쁨이며 어여쁨이었던 걸
길이길이 마음에 새겨두자.

허영자

타인의 아름다움

타인에게서 가장 좋은 점을 찾아내
그에게 이야기해주십시오
이것은 누구에게나 꼭 필요합니다

우리는 타인의 칭찬 속에서 자랐고
덕분에 더욱 겸손해질 수 있었습니다

사람은 타고나기를 위대하고 훌륭합니다
누군가를 아무리 칭찬해도 지나침은 없습니다
타인의 위대함과 아름다움을 발견하는 눈을 기르십시오

그리고 찾아내는 대로
그에게 이야기해줄 수 있는 힘을 기르십시오.

메리 헤스켈

들길을 걸으며

1

세상에 와 그대를 만난 건
내게 얼마나 행운이었나
그대 생각 내게 머물므로
나의 세상은 빛나는 세상이 됩니다
많고 많은 사람 중에 그대 한 사람
그대 생각 내게 머물므로
나의 세상은 따뜻한 세상이 됩니다.

2

어제도 들길을 걸으며
당신을 생각했습니다
오늘도 들길을 걸으며
당신을 생각했습니다
어제 내 발에 밟힌 풀잎이
오늘 새롭게 일어나
바람에 떨고 있는 걸
나는 봅니다
나도 당신 발에 밟히면서
새로워지는 풀잎이면 합니다

당신 앞에 여리게 떠는
풀잎이면 합니다.

나태주

살아 있는 모든 것은 소중하다

살아 있는 모든 것은 소중하다
무당벌레도 나비도
회색 날개의 나방도
즐겁게 노래하는 귀뚜라미도
가볍게 뛰어오르는 메뚜기도
춤추는 모기도
통통한 딱정벌레도
살금살금 기어가는 저 이름 모를 벌레도.

크리스티나 G. 로세티

BIG NEWS
Have a good day!

생강나무

마흔여섯 해 걸어 다닌 나보다
한곳에 서 있는 저 여린 생강나무가
훨씬 더 많은 지구의 기억을
시간의 그늘 곳곳에 켜켜이 새겨둔다.

홀연 어느 날 내 길 끊기듯
땅 위를 걸어 다니는 것들 모든 자취 사라져도
생강나무는 노란 털눈 뜨고
여전히 느린 시간 걷고 있을 것이다.

지구의 여행자는 내가 아니라,
생강나무임을 아프게 깨닫는 순간에
내 그림자도 키 늘여 슬그머니
생강나무 시간 속으로 접어든다.

정우영

고요한 생활

소는 젖을 주고, 밭은 빵을 주며
양은 옷을 마련해준다
나무들은 여름이면 그늘을 드리워주고
겨울이면 땔감이 된다

축복받은 사람이다. 아무 신경 쓰지 않고
시간도 날짜도 해도 고요히 흘러가서
몸은 건강하고 마음은 평안하여
낮에는 별일 없다

밤에는 깊은 잠에 학문과 휴식이 있고
즐거운 오락도 있으며
잡념 없이 전적으로 즐기는 일이란
고요히 묵상하는 것

이렇게 살련다. 남몰래 이름도 없이
탄식하는 일 없이 죽고 싶어라
소문 없이 떠나, 잠든 곳을 알리는 묘비도 없이.

알렉산더 포프

시인 이름으로 찾아보기 (가나다순)

ㄱ

강원석 * 맑음 194

강은교 * 기적 190

고영민 * 명랑 80

고재종 * 출렁거림에 대하여 88

권태응 * 겨울나무들 136

김경미 * 식사법 148

김기림 * 유리창 46

김소월 * 잊었던 맘 54

김수영 * 오래된 여행가방 38

김영랑 * 언덕에 누워 24

ㄴ

나태주 * 3월에 오는 눈 138

나태주 * 가을 서한 110

나태주 * 겨울 행 50

나태주 * 기도 168

나태주 * 내가 너를 96

나태주 * 내가 바라보면 170

나태주 * 너도 그러냐 78

나태주 * 다리 위에서 222

나태주 * 다시 산에 와서 56

나태주 * 들길을 걸으며 228

나태주 * 사랑하는 마음 내게 있어도 68

나태주 * 순대국밥집 154

나태주 * 아기 신발 가게 앞에서 208

나태주 * 유리창 18

나태주 * 행복 184

나태주 * 혼자서 48

나희덕 * 천장호에서 42

노자영 * 여름밤의 풍경 106

ㄷ

도종환 * 꽃피우기 152

도종환 * 눈 내리는 벌판에서 32

ㄹ

라이너 마리아 릴케 * 사랑에 빠질수록 혼자가 되라 94

랭스턴 휴스 * 도움말 82

레인 파슨스 * 언제나 기억하세요 120

ㅁ

마가렛 생스터 * 하지 않은 죄 34

마종기 * 머루치는 국물만 내고 끝장인가 150

마종기 * 전화 72

매들린 브리지스 * 인생 거울 164

메리 헤스켈 * 타인의 아름다움 226

문영숙 * 무명한 것 182

문영숙 * 약효 30

문정희 * 나무 학교 176

문정희 * 쓸쓸 22

ㅂ

박노해 * 다시 꿋꿋이 살아가는 법 130

박노해 * 동그란 길로 가다 172

박용철 * 눈은 내리네 90

박인환 * 약속 142

박제영 * 식구 188

백석 * 내가 생각하는 것은 52

버지니아 울프 * 사랑이란 102

베드로시안 * 그런 길은 없다 162
베르톨트 브레히트 * 아침저녁으로 읽기 위하여 116

ㅅ

사라 티즈데일 * 지혜 146
송경동 * 주름 214

ㅇ

아우렐리우스 * 슬프고 괴로운 일을 만나거든 144
알렉산드르 세르게예비치 푸시킨 * 지다 남은 꽃 210
알렉산더 포프 * 고요한 생활 234
엘리자베스 바렛 브라우닝 * 사랑의 되뇌임 74
오르텅스 블루 * 사막 28
오석균 * 아침에 눈을 뜨면 26
오장환 * 비행기 198
요한 볼프강 폰 괴테 * 근심 158
요한 볼프강 폰 괴테 * 연인 곁에서 108
윌리엄 셰익스피어 * 소네트 18 - 그대를 한여름 날에 비할까 206
유병록 * 아무 다짐도 하지 않기로 해요 202
윤동주 * 달같이 36
이기철 * 사람과 함께 이 길을 걸었네 212
이산하 * 나에게 묻는다 140
이옥봉 * 꿈속에(夢魂) 44
이재무 * 폭설 166
이정하 * 낮은 곳으로 64
이형기 * 초상정사(草上靜思) 114

ㅈ

정끝별 * 펭귄 연인 84
정끝별 * 한 걸음 더 132
정우영 * 생강나무 232
정지용 * 바람 86
정호승 * 수선화에게 20
조병화 * 늘, 혹은 218
주영헌 * 우리가 우리를 완벽히 껴안는 방법 98
진은영 * 청혼 66

ㅋ

크리스티나 G. 로세티 * 살아 있는 모든 것은 소중하다 230
클린턴 하웰 * 포기하지 말아요 126

ㅍ

폴 베를렌 * 하늘은 지붕 위로 134
폴 엘뤼아르 * 우리 둘 100
프리드리히 뤼케르트 * 아름다움을 사랑하신다면 118
피천득 * 이 순간 192

ㅎ

하인리히 하이네 * 눈이여 쌓여라 216
하인리히 하이네 * 이 깊은 상처를 40
한용운 * 나의 꿈 76
허영자 * 무지개를 사랑한 걸 224
헤르만 헤세 * 책 160
헤르만 헤세 * 행복 196
홍성란 * 다시 사랑이 92
홍수희 * 꽃씨를 심으며 200

이 책에 실린 시의 출처

<기적> 강은교, 《네가 떠난 후 너를 얻었다》 서정시학, 2011

<꽃씨를 심으며> 홍수희, 《생일을 맞은 그대에게》 해드림출판사, 2019

<꽃피우기> 도종환, 《슬픔의 뿌리》 실천문학사, 2012

<나무 학교> 문정희, 《지금 장미를 따라》 민음사, 2016

<나에게 묻는다> 이산하, 《악의 평범성》 창비, 2021

<낮은 곳으로> 이정하, 《그대가 생각났습니다》 연인M&B, 2021

<눈 내리는 벌판에서> 도종환, 《흔들리지 않고 피는 꽃이 어디 있으랴》 RHK, 2014

<늘, 혹은> 조병화, 《숨어서 우는 노래》 미래사, 1999

<다시 꿋꿋이 살아가는 법> 박노해, 《너의 하늘을 보아》 느린걸음, 2022

<다시 사랑이> 홍성란, 《애인 있어요》 시인생각, 2013

<동그란 길로 가다> 박노해, 《너의 하늘을 보아》 느린걸음, 2022

<맑음> 강원석, 《그대의 향기가 바람에 날릴 때》 아트앤아트피플, 2020

<멸치는 국물만 내고 끝장인가> 마종기, 《당신을 부르며 살았다》 비채, 2010

<명랑> 고영민, 《구구》 문학동네, 2015

<무명한 것> 문영숙, 《당신의 북쪽》 애지, 2022

<무지개를 사랑한 걸> 허영자, 《얼음과 불꽃》 시월, 2008

<사람과 함께 이 길을 걸었네> 이기철, 《사람과 함께 이 길을 걸었네》 서정시학, 2008

<생강나무> 정우영, 《집이 떠나갔다》 창비, 2005

<수선화에게> 정호승, 《외로우니까 사람이다》 창비, 2021

< 식구 > 박제영, 《식구》 bookin, 2013

< 식사법 > 김경미, 《쉿, 나의 세컨드는》 문학동네, 2006

< 쓸쓸 > 문정희, 《지금 장미를 따라》 민음사, 2016

< 아무 다짐도 하지 않기로 해요 > 유병록, 《아무 다짐도 하지 않기로 해요》 창비, 2020

< 아침에 눈을 뜨면 > 오석균, 《기린을 만나는 법》 파란, 2017

< 약효 > 문영숙, 《당신의 북쪽》 애지, 2022

< 오래된 여행가방 > 김수영, 《오랜 밤 이야기》 창비, 2000

< 우리가 우리를 완벽히 껴안는 방법 > 주영헌, 《당신이 아니면 나는 아무것도 아닌 사람》 걷는사람, 2020

< 이 순간 > 피천득, 《피천득 시집》 범우사, 1999

< 전화 > 마종기, 《당신을 부르며 살았다》 비채, 2010

< 주름 > 송경동, 《사소한 물음들에 답함》 창비, 2009

< 천장호에서 > 나희덕, 《그곳이 멀지 않다》 문학동네, 2022

< 청혼 > 진은영, 《나는 오래된 거리처럼 너를 사랑하고》 문학과지성사, 2022

< 초상정사(草上靜思) > 이형기, 《초판본 이형기 시선》 지식을만드는지식, 2014

< 출렁거림에 대하여 > 고재종, 《날랜 사랑》 창비, 1995

< 펭귄 연인 > 정끝별, 《은는이가》 문학동네, 2014

< 폭설 > 이재무, 《푸른 고집》 천년의시작, 2004

< 한 걸음 더 > 정끝별, 《은는이가》 문학동네, 2014